가마우지 달빛을 낚다

J.H CLASSIC 077

가마우지 달빛을 낚다

현상연 시집

지혜

시인의 말

계절이 피고 지는 일보다
자주 일어서던 공허감은 현실의 순환이다
그때마다
내 안에 웅크리고 있던
보이는 것과 보이지 않는 것 사이에
위로가 되어준 시

세상을 기억하는 행간이 조금은 풍경이 되는 느낌이다

2021년
현상연

차 례

1부

2부

3부

4부

• 일러두기
  한 연이 첫 번째 행에서 시작될 때는 > 로 표시합니다.

1부

도시의 인어

폐타이어를 입고
물고기처럼 헤엄쳐가는 사내
폐타이어 속 숨은 다리가
길 따라 헤엄치고
불규칙하게 흘러나오는 노래는 장바닥을 적신다
낡은 노래방 기계에 의지해 밥을 먹는 남자
검은 타이어가 출렁일 때마다
파도를 타고 앞으로 나간다
사내는 파랑의 한가운데 서기도 하며
꼬리가 해안 끝에 닿을 무렵
동정의 시선이 쏟아지고
하루의 생계는 살 오른다
밀고 가는 행상이 길어질수록
차오르는 플라스틱 바구니,
애처롭게 흐르는 가락에 행인의 발걸음 멈추고
던져지는 동전 한 닢의 기부가 끝나자
일주문을 나서듯
봉고차를 타고 사라지는 도시의 인어

물먹는 하마

하늘이 열렸다
오호츠크해 고기압으로 며칠째 두드리는 빗소리
물비린내 떠도는 거실이 눅눅하다

범람하는 장마 등쌀에 하마 몇 마리 입양했다
하마가 정착한 곳은 옷장이나 이불장
떠돌던 습기를 쑤욱 삼켜버린다
늘어진 배에서
물소리가 찰랑거린다

하마의 고향은 우리 동네 마트
몇 끼를 굶었는지
내 집으로 이주한 식욕은 끝이 없다
커다란 이빨로 물어뜯는 습기의 몸뚱이가 너덜대고
여기저기 얼룩진 물의 잔해
아무 일 없는 듯 거실은 조용하고
물기 한 점 없이 뽀송한 농속

시간이 목까지 차오르고 심장이 무거워지면
강이나 늪에 하마를 풀어 놓을 것이다

＞

멸종되지 못한 습한 기운이 벽 귀퉁이에 안착하고
또 다시 피어나는 곰팡이

우기에 하마 서너 마리 더 입양해야겠다

장항아리

맨드라미 제 몸 불사르던 날
아버지,
부푼 배 끌어안고 질긴 발효 꿈꾼다

폭염 탓인지 곰팡이 번식 탓인지
간장은 부패되어 시궁창 냄새 진동한다
우환이 담을 넘고
집안에 수심이 납작 엎드려 있다
목까지 차오른 근심은
간장을 범인으로 몰아세우고
어머니,
간장 항아리 산산이 깨버린다
깨진 조각에서 흘러내린 숯 물
가슴에 고인다

흩어진 어둠이 제 그늘을 긁어모으고
그늘 안쪽은 점점 넓어졌다
근심이 안방에 모이던 날
아버지 사진 속으로 들어가고
허기진 그리움만 가난으로 웃고 있다

말, 깨지다

실금이 갔는지
투박한 입에서 날카로운 조각이 떨어진다
입에서 쏟아진 말이 뭉쳐 가슴에 옹이가 되고
말은 꼬리를 물고 바람에 흘러 다니며 이리저리 쏠린다
밤새 내 잠 속에 뛰어들어
잠을 흩트려 놓기도 하는 말 조각

어디에 부딪친 건지 기억조차 없는
금 간 항아리에 깨진 말을 꾹꾹 눌러 담는다
새어나간 말이 봄 햇살에 풀렸지만
꽃샘바람은 여전히 거칠다

금 간 항아리를 붙인다는 것은
실낱같은 진실의 딜레마에 갇히는 것

긴 시간
햇빛이 눌러 앉은 공간에 공기는 늘 겉돌고
금간 항아리 틈은 점점 더 벌어지고 있다

백내장

연못은 티티카카 호수만큼 깊고 맑았다
상수리나무 그늘을 베고 연못에 하늘을 담은 그녀,
북쪽에서 베일 감싼 여인이 옷자락을 끌며 찾아와
물에 파문이 일고 하루살이가 날아들어도 몰랐다

수천 만리에서 찾아온 여자의 진실은 알 수 없어
아무리 초점을 맞춘다 해도
겉과 속이 다른 피사체는 보기 어렵고
짐작으로 본다면
미세먼지 혹은 스모그에 가깝다는 것 뿐이다

여자가 온 후,
연못 가장자리에 먼지가 쌓이거나
자주 호수 중심이 침침했다

뜰채로 청소를 하고
오랫동안 쌓였던 침적물을 걷어내자
호수에 새로운 풍경이 생겼다

LED 같은 달이 연못에 뜨고
낮에 비치는 햇살이 눈부셨다

재래식 한증막

소나무 숲을 옮겨온 숲속,
장작이 타고 있다

토막 난 나무들
하얀 뼛가루 날아다니고
숲속에 둘러앉은 새떼
그들의 언어로 속삭인다
두런거림 건너편
잎새 가린 침묵이 누워
후끈 달아오른 숲의 열기 가늠하고
한증욕 만끽한 조용한 소음이 지나간다
휴식 밖은 바람과 조우한 눈이 가볍게 유턴하고
눈은 바닥에 닿기 전,
눈을 감고
바람은 골짜기를 타고 연기의 등을 밀며 사라진다

나무는 제 크기만큼 타다 떠나고

흐르는 노폐물을 가볍게 뒤척이며
관절에 원적외선을 쬐는

습관이 관습이 되어버린 노송들

다시 꽃탕으로 들어간다

타투의 허세

봄날
뒤통수가 뜨거워 뒤돌아본다

앞동 창문의 용 한 마리,
용머리가 가슴과 팔뚝을 시나
어깨에서 꿈틀거리고
푸른 근육이 먹구렁이처럼 기어간다
세상을 박차고 금방 승천할 듯
근육 빵빵한 남자

눈 마주치자
먹구름을 불러내 소낙비를 뿌릴 듯
잔뜩 부풀린 사내의 용트림에
주눅 든 시선이
재빨리 아래로 꽂힌다
보초병처럼 서 있던 은행나무도
손바닥으로 눈 가리고
위압감이 눈꺼풀 아래로 끌어당긴다

슬그머니 화단에 눈길 둘 때

창문 아래 수북이 쌓인 담배꽁초,
역린을 거스를까
달싹거리는 입술 누르고 걷는
어깨위로 거칠게 날아드는 담배연기

정오의 햇빛이 부글부글 끓는다

벽두

채 마시지 못한 한 해의 마지막을 마신다
눈과 귀를 세우고 충직하게 지키던
戊戌年이 끝내 깡마른 기억으로 떠날 채비를 한다
무술년을 붙잡고 영자 년과 숙자 년은 달랐다고
애써 고집하는 건 등뒤에 己亥年이 기다리기 때문이다

세상,
무수한 여자를 만났던 남자도
추억의 종류는 12간지인데
애써 기해년한테 한 해를 맡기는 건 또 무슨 이유인가

새해엔 반년 치 이름을 찾아 떠나련다
감당하기 벅찬 年들의 길이 꺾이거나 굽어있어도
혹은 새로운 年이 지워진다 해도
또 다른 눈먼 그리운 년을 찾아 떠나면
폼나는 쾌속질주 이어질까
아무리 비워도 덜어지지 않는 年들과의 고단했던 한 해
채 비우지 못한 한 해의 이름들을 불러본다

그 쓰디쓴,

칠월,
익모초 꽃이 필 때면 창문이나 옥상으로
자주 눈길 주며 굳은 결기를 보이던 사내
시위에 걸린 활처럼 팽팽한 화살촉이 되기도 했다

마음을 뒤집으면 꽃 필 수 있다고
또 다른 봄을 기대하지만
꽃 피는 계절은 따로 있어
팔 년 동안 쓴 줄기만 밀어 올린다

만개한 통증,
저 놈의 꽃대 잘라 버려야지
청산가리보다 독한 고통의 꽃
꺾어버려도 다시 자랄 다년생 병줄기
깊이 박힌 뿌리 잡고 실랑이하지만 끝이 보이지 않는다

여름의 시작은 어디고 어디가 끝일까

죽음보다 힘들었던 그해 초여름,
환장하게 짙어가는 녹음에 나는 시들고 있었다

헛스윙

시집 한 권을 집어
허공을 후려치자, 공기가 펄럭이고
벽이 한 발짝 물러선다

어둠을 끄고
또다시 파리채 집어 든다
소리 나는 쪽을 향해 팔 휘두른다
헛스윙이다
치는 것과 맞는 것 사이가 팽팽하다

내 삶에도 헛스윙은 가끔 끼어들었다
스물네 살 연애가 그랬고
그때마다 벚꽃은 바람을 헛스윙 하는지
이별의 반대쪽으로 흩날리곤 했다

모기는 자객이다
설익은 추억을 훔치려는 기억이 그렇고
깊은 밤 내 안에 침입한 것이 그렇다

난 지금 불혹의 안면을 방해하는 어둠 속 그 기억을

파리채로 내려치려는 것인지 모른다

시집에서 떨어져 나온 시 한 줄
빠르게 불혹의 뒤편으로 사라진다

채송화

폭염이 들끓는 정오
마당 끝
채송화의 행렬이 어지럽다

저마다 고운 등 받쳐 든
소박하고 가난한 걸음,
올망졸망 꽃송이 무게 짓눌러도
환한 길 열리라 마음 담아 기도하는
등촉 밝힌 행렬 속에
땀 맺힌 어머니의 숨 가쁜 호미질 소리

지열 사이로
하얀 채송화 한 송이
뙤약볕 이고 야위어 간다

사막을 통과하다

사구를 맴도는 바람은
쏟아지는 별과 밤하늘을 팔아
오아시스와 신기루를 사고
사막에 이방인을 끌어들였다

길 없는 곳에
낙타 풀이 돋아나고
북아메리카 고향인 낙타가
사막의 식구로 전입했다

낙타표 통성냥, 낙타표 장수필름, 반창고, 찰당면…

통성냥이나 찰당면 혹은 반창고에 정착한 낙타들
적을 피해 상표로
바늘구멍을 통과했다

오아시스를 꿈꾸며 이주한 이방인들
정착지에 기대어 쌍봉이 자라기 시작한다

폐허의 내부

평택 고덕지구 도로변
쇠락의 길을 걷고 있는 집성촌 주택들

바람이 건들거리며 곰팡이 핀 벽을 뜯어먹고
떠돌이 개들이 모여 든다
허공의 무게에 철근 골조가 휘어지고
달빛은 공명의 발자국 뚜벅거리며
희미한 그림자를 마당에 풀어 놓는다
싸늘한 아랫목에 때 절은 잠이 뒹굴고
문지방 위 빛바랜 액자,
떠나간 얼굴이 갇혀 있다

기척이나 생기가 사라진 건물은 어둠의 묘지
몇 백년 먼지를 둘러쓴 시간이 빠져나가고
기울어진 서까래에 적막이 거미줄 친다

철거라는 현수막이 걸린 담 밑
잡초는 봄볕에 땅을이고 기지개 켜고
유빙처럼 떠도는 소문을 입증하듯
재개발 플래카드가 펄럭인다
폐허를 받아들인 건 사람들이다

회색 소음

날짐승의 울음이 또 시작되었다
기계음의 시작은 이륙이다
빽빽하게 날아오르는 날갯짓,
활주로 주변에 떨어지는 은빛 비늘에
회색 숲의 진동이 시작되고 날지 못하는 미물들
팽팽한 고통을 출렁이며 하루를 버틴다

귀가 길어진 사람들,
송곳의 깊이 재고
수시로 소리를 실어 나르는 기지촌 헬리콥터
익숙해진 일상에 TV 볼륨이 높아지고 말소리가 커진다

귀마개를 뚫고 들어오는 회색소음
방음벽을 흔들고
주파수가 높았던 귀는
어느새 난청과 접신하여 노랗게 시들어간다

비상을 끝낸 소리가 하나 둘 귀로 착륙하고

초저녁,
또 다른 소음 부과를 알리는 초침이 잠을 끊는다

가지치기

묵은 봄이 잘려 나간다
오른쪽 방향과 왼쪽 방향도 사라졌다

나무는 봄볕에
웃자란 가지를 단속하지 못했다

고목은 햇빛에 흔들렸고
치밀한 가지는
새봄을 채우려 욕심껏 자랐다
도착하지 않은 여름을 기대하며 꽃눈을 밑동까지 달기도 했다

부푼 꽃망울에 귀 세운 다른 가지
떨어지는 나무 비듬을 보며
그늘 속 마디의 처진 봄을 솎음질한다
바람이 드나들 통로에
가지 하나 내주면 두 팔을 달 수 있다고
애써 통증을 참는다
아직 물 마르지 않은 모래톱엔 계절이 몇 번 다녀갔는지
잔물결이 겹겹이 쌓였다

\>

상처로 얼룩진 곳

복대기는 햇살이 덮는다

털어버릴 수 없는 물관 사이로 빼꼼히 내민 곁눈

추위를 견딘 살구꽃망울이 짙고

전정가위와 대립하던 멍울진 봄이 화사하다

낮달맞이꽃 수난사

아파트 화단 낮달맞이꽃
죄목도 모른 채 단숨에 목 잘렸다
힘겹게 꽃대를 밀어 올렸을 뿐,
영문도 모를 칼날이 목을 겨눠도
꽃은 한 발자국도 물러서지 못했다

노역하던 예초기 눈에 낮달맞이꽃은
한낱 이름 모를 잡초에 지나지 않았다

해마다 오월이 되면
발뒤꿈치를 치켜들고
예초기 동태를 살피며 전전긍긍했지만
예고도 없이 들이닥친 칼날은 피할 수 없었다
힘없이 목 떨어진 낮달맞이꽃,
칼날 스친 자리에
풀비린내 자욱이 풍기고
꽃들 피 냄새 향긋하다

목을 내놓는 건 오월이 잘려나가는 것
꽃은 또다시 계절을 키우듯
꽃대 키운다

2부

휴대폰 중독

전철 안이나 거리 사람들,
모두 손전화에 감염돼 있어요

좀비가 휴대폰 피를 빨고 있어요
손전화가 없으면
불안이 진도 6까지 올라가요
음란성 광고, 매화 향기는 시체예요
배터리가 죽었어요
충전은 바이러스예요
푸른 핏줄이 돋아나는 액정
시체가 일어서고
멜론의 으스스 한 음악이 흘러요
어디선가 눈 감은 목소리가 들리고
액정 속엔 유령이 돌아다녀요

거리엔 좀비들이 우글거려요
휴대폰은 한눈파는 운전자가 무서워요
전봇대도 눈 감은 핸드폰과 부딪친 적 있어요

저기 또 좀비가 오고 있어요

매화꽃과 교신 중이네요

남쪽은 온통 꽃향기 중독이라지요

그쪽 매화 향기 중독은 일시적인 거래요

폐 염전

배꽃 피는 4월,
소금은 바다의 젖줄을 물고 살았지

햇빛은 고양이 걸음으로 염전에 간들이고
밤이 촉 세우면
달은 어둠을 지워 환한 이화 꽃밭을 만들었지

짠물이 증발되는 건
바다의 살을 바르는 시간,
사내의 검은 머리에도 흰 소금이 얹혔고
열려있던 소금창고는 닫혔지

무너진 갯둑과
적막을 열어 놓은 배수구
녹슨 지붕에
바닥을 덮던 타일도 뿔뿔이 흩어지고
소금 나르던 손수레는 녹을 문 채
갯고랑에 버둥거렸지

밤마다 바람이

달빛 타고 내려와 업을 잇던
도화염 익던 계절,

늙은 소금막은 여전히 홀로 남고
염전을 지키는 건 붉은 칠면초뿐이었지

위험한 동거

한때 새의 부리로 묻어왔을 씨앗
사원은 판야나무* 씨를 덥석 삼켰다
사암의 수분을 흡수하며
수천 년,
쌓인 적막을 빌어 발아를 꿈꿨다

뱃속에 싹이 트기 시작했다
허욕이 조금씩 자라자 사원을 움켜쥐었다
깔고 앉아 누르고 부수면 좀 더 달콤할까
단단히 밟고 올라선 지붕 위
비어 있는 돌탑
웃음인지 울음인지 모를
공허함을 새가 물고 지나 갔다

누군가 그랬다
피 도는 감정은 서로 감고 오르는 것이 숙명이라고

사원을 물고 있던 시간 밖
뻗은 줄기에 손가락이 돋기 시작했다
허공에 손가락을 문지르자

푸른 핏줄은 생기가 돌고
손가락 끝은 아팠다

* 캄보디아 타프롬 사원의 나무.

얼음의 얼굴

밤새,
괴산호가 슬픔을 가뒀다

이튿날 아침
몸을 뒤척이는 짐승들 울부짖음에
꽝꽝 언 호수로 귀가 끌려갔다

정오의 햇살이 등잔봉*을 내려와 호수로 들어가고
정수리를 파고든 빛은 팽창되어
틈새에 튕겨지는 울음소리
쩌엉! 띵! 꾸륵!

앞서간 발자국 따라 번지는
울음의 갈피마다 끼워진 빛의 소리, 소리들

하루치 햇살에 금이 가면 얼음도
방전될 때가 있어
비 맞고 쪼그려 앉아 우는 물의 목소리만 듣는다

무리에서 떨어진 한파 몇 조각

가장자리로 밀려나고

굴피나무 껍질 같은 12월,
상처 난 짐승은 침묵하며 은신중이다

* 충북 괴산 산막이 옛길.

단풍

여름내 갇혀있던 초록에 성냥을 그어댄다
줄줄이 불붙는 가을 산
단풍의 발화점은 북쪽,
메마른 날씨에 화력이 총총히 기어간다

단 한 번의 불씨로 불을 지펴야 하는
카로틴이나 안토시안은 밖으로 표출하지 못한 감정
박제되었던 감정이 터지고
붉고 노란 혹은 푸르게 타들어가는 매캐한 산의 얼굴

계절과 계절사이,
다급한 불꽃놀이에
엽록소가 분해되지 못한 소나무가 멈칫거린다
그 사이,
바람은 북쪽에서 산소통을 메고
남쪽으로 하강 중이다

가을은 지금 점화 중이다

허공에 퍼지는 수화

말 없는 말을 던지는 갈참나무
애기단풍 흠칫,
경계의 눈초리로 굴러가고
열 개의 손가락으로 다시 말의 밑그림을 그리는 남자
절름거리는 소통이 멀리서 웃고 있다
몇 번의 손가락이 꼼지락거리고
애기단풍
일곱 개의 잎새 떨군다

지루한 햇살을 자루에 가득 담던 사내
불어온 바람을 붙잡고 말을 붙이지만
허공에 퍼지는 건 짐승 같은 울음
바람과 섞인 말이 모두 엉킨다
소리없는 말에
노란 의심을 품은 아이들
슬며시 사라진다

부락산 말 잃은 나무,

그를 봄에도 본 적이 있다

등나무 아치의 낙엽을 긁어내리며
던진 말이 흘러내리거나
그가 놓고 간 말이
나뭇잎에 덮여 홀로 저물고 있었다

솔릭*

종일 흐린 뉴스만 복사하는 하루
타이어만큼 부푼 눈에 광채가 돌았다
산발한 머리에 부릅뜬 외눈이 구름을 호령하고
너덜거리는 회색 옷자락이 펄럭일 때마다 뿌려지는 장대비

미크로네시아 추장이 바람의 갈기 날리며
먹구름을 채찍질하면
중력의 가속에 물고기가 쏟아지고
걸음 끝에선 물의 울음이 뚝뚝 떨어졌다
창을 휘두르는 족장의 손톱은 길었다
손가락을 움직일 때마다 깊이 패인 상처들
떨어진 살점이 빗물에 휩쓸려 가고
강물은 부러진 갈비뼈를 물고 있다

여름의 끝자락에 집중하지 못한 나그네
끝내, 평야를 건너며 길었던 손톱이 부러졌다
기력이 쇠잔한 노인이 사라질 때
절규하던 매미도 함께 사라졌다
나뭇잎 하나 흔들리지 않던 그해 여름
가뭄만 타들어갔다

* 19호 태풍이름.

漁火

저동항 밤바다가 펄펄 끓는 것을 보았다

섬 끝자락이 수평선과 맞닿은 곳
바다가 밤을 지우고
개밥바라기별이 사선으로 떨어진다

식지 않은 별은 바다에 알알이 박혀 불야성을 이루고
불빛이 내려앉은 바다 물결을
빛으로 읽으며 몰려드는 오징어

집어등이 유혹한 집착은
무덤으로 끌려오는 착각 반 토막
빛에 중독된 두 개의 촉수가
마지막 밤을 휘감으며
스스로 꺼져가는 빛에 갇힌다

바다를 읽던 바람이 잦아들고
눈꺼풀에 올라앉은 무거운 졸음

여명이 뿌려진 물 위에 서너 척 불배가
시름없이 눈을 껌뻑이고 있다

행방불명

인도네시아 코모도 섬
한가로이 물먹는 물소 옆,
조용히 다가선 검은 그림자
물속에 비친다

쥐라기를 걸쳐 진화한 공룡의
후손일지 모를 코모도 왕도마뱀
물소 발목을 물고
화들짝 놀란 물소, 급히 발 빼지만
뜨거운 독은 서서히 몸을 기어오르고
느긋하게 퍼지는 박테리아
사정거리 안에서 허술한 경계로 쓰러진 물소,
부패로 끝난 피 냄새는 10킬로 밖
왕도마뱀들을 불러 모은다
둘러싼 죽음을 확인하듯
먹이를 건드리며 배회하는 군침들
그날 밤,
왕드래건들 게걸스럽게 포식했다

실종사건 대부분은 안일한 방심으로 사라지거나
행방불명으로 처리되어 흔적이 없다

분홍넥타이

조선족 여인 애칭은 애기
남자에게 분홍 꽃무늬 넥타이를 매어주는
장미 뒤에 가시가 보인다

궤도를 이탈한 시계가 콩깍지를 쓴 채
신사임당을 매달 배달하지만
그 사용 출처는 알 수 없다
신사임당이 늙거나 사라져도
분홍 넥타이는 여전히 그녀 차지가 될지 모를 일

담 모퉁이 지나던 바람이 낮게 수군 거린다
속없이 햇빛과 웃음을 흘리는 건 낭비라지만
눈먼 사랑의 질주 멈출 수 없어

장미 넝쿨 속은 울창한 그늘로 가려져
하늘이 보이지 않는다

시간이 멈추고 어둠이 오면
넥타이 속 장미는
언제 심양 하늘로 날아갈지 모를 일

장미,
늘 가시 숨기고 산다

대숲에 울음이 산다

누구나 감추고 싶은 눈물은
대숲으로 끌고 가지

울음의 정착지는
물어뜯긴 바람이 사는 곳
그곳에선 수시로
댓잎의 머리채를 잡고 흔들기도 해

대나무 밭에 묻어둔 비밀은 질긴 뿌리로 번식하고
그늘 밑 서늘한 눈빛엔
짙푸른 하늘이 고여 있지
그때마다 도리질하며 속을 뒤집어 보이지만
흔들리거나 떠도는 건 아킬레스건이 있다는 것

누구나 약점은 숨기려
보이지 않는 울타리 치고 살지
담이 낮을수록 비밀은 견고하고
독사는 뒤꿈치를 물기도 해

대숲은 울창한 바람의 옷을 걸치고
숨죽인 울음으로 그늘을 짓지

봄 한 소쿠리

겨우내 웅크렸던 봄
날줄로 봄을 당긴다
끌려오는 줄에 걸린 봄 한 소쿠리
절반은 아지랑이다

머리카락을 쓰다듬는 손길은 따스해
스치기만 해도
들판의 맥이 파닥거린다
설렘의 용량은 나른함 반 포근함 반
봄 비린내 퍼진 벌판에 지평선이 울렁거린다

스치는 손길에
아직 찬기운이 남아있지만
분명한 건 산짐승이 알을 품고 강은 입을 열고
물가에 봄이 피어오르는 것이 보였다

먼 길 걸어 신발이 해지고
어둠이 묻은 그는
늦어도 오월까지 북쪽 끝에 닿아야 한다
어쩌다 손길이 닿지 못한 곳에서

꽃이나 새싹이 먼저 뛰쳐나와
꽃샘추위에 발을 동동거리기도 한다며
바람을 잡아탄 걸음이 바쁘게 북쪽을 향해갔다

호객

나비
개망초 꽃에 앉으려다
바람에 밀려
저만치 갔다 되돌아온다

바람난 사내처럼
비집고 들어가 꽃술 문다

입가에 번지는 짜릿한 꿀맛
뱃속까지 짜르르
날개가 파르르 떨리고
꽃가루 날린 옷은 향기가 진동한다

꽃술 향한 날개짓은 한 번만,
딱 한 번의 비행으로 안착해야 한다
호버링의 경계에서 조금만 벗어나면
초점이 흐려지고 회로가 엉킨다

벚꽃 소통

벚꽃이 사월을 밝힌 날
십수 년 함께한 친구들,
꽃소식 듣고 날아왔다
꽃물 든 가슴 안고 버스에 오른다
팡팡 터지는 노래가
꽃 피는 소리만큼 요란하다

개나리 진달래, 벚꽃 닮은 사람들
막 피어난 꽃 같은데
화르르 쏟아질 날 머지않다고
무릎 꺾일 날 많아
부지런히 소통해야 한다고
일조량이 많아 색이 진한 꽃들 입 모은다
산수유, 강한 봄빛 탓에
벌써 자리에 누웠다고
영산홍은 곧 개화할 꽃 위해 서둘다
관절에 무리가 갔다는 소식이
꽃바람 타고 전해진다

험한 세월 딛고 핀 하얀 꽃들
이름표처럼 살아온 이력이 붙어있다

명자꽃

그녀가 사라졌다

바람이 흔들고 간
명자,
꽃 진 자리가 상처투성이다

달콤한 인연을 사채의 덫으로 엮어
빛바랜 명자꽃

허공에 떠다닌 무성한 소문이 소문을 꺾고
문턱이 닳도록 날아들던 벌들도 발길을 묶었다

말속에 묻힌 길은 오리무중이고
수북이 쌓인 소주병에서 엄마 찾는
아이 울음만 흥건히 흘러나왔다

가마우지 달빛을 낚다

계림 이강,
뱃머리에 가마우지 몇 마리
허기진 식욕 움켜쥔 채
사공의 신호로 강물에 뛰어든다

잡힌 물고기
가마우지 목에 걸린다

甲이 비정규직이란 올가미로 乙의 목 조인다
삼켜지지 않는 물고기가 파닥거리고
밤새 자맥질 대가를 지불 받지 못한 가마우지
굶주린 눈빛이 날짐승의 본능으로 거칠게 빛나지만
또다시 乙이 되어
값없는 달빛만 낚는다

3부

꽃의 할례*

아프리카 마사이족
북을 두드리며 커팅 의식이 시작되었어요

엄마 손에 끌려온 다섯 살 여아,
커다란 두려움이 눈을 경계해요

먹이를 음미하듯 훑어보는 노파의 눈에
공포는 비늘이 돋아요
아마 발버둥 치며 악을 써도 소란은 괴성과 박수소리에
묻힐 거예요

은빛 물체가 번득이고
날카로운 이빨이 깊이 박힌 성기,
비명을 물고 흔드는 대로
붉은 살점이 검정을 스쳐 지나가요
쉿,
소리 지르면 꽃의 가문이 붉어져요
싯딤나무 밑에선 누군가 음흉하게 웃고
면도날이 야들야들한 피 맛을 즐겨요

>

꽃을 피우기 위해 한순간 꺾이는 꽃

수혜자는 누굴까요

북소리가 죽고

붉은 모래바닥에 꽃이 시들었어요

통증이 깨어 난다 해도

악습의 족쇄에서 벗어나지 못할 관습

장맛비처럼 쏟아지던 두려움이 빠져나가고

하마 가죽 같은 하늘이 울고 있어요

* 할례 : 여성 할례Female genital mutilation는 의료적 목적 없이 성인식이라는 미명 아래 여
  성 성기의 전체 혹은 일부를 제거하거나 상처낸 뒤 좁은 구멍만 남긴 채 봉합하는 아프
  리카 의식을 말한다. 여성 포경수술female circumcision 또는 컷팅cutting이라고도 불리며,
  대다수의 경우 미성년자들을 대상으로 실시된다.

싱싱한 드라이플라워

카페 천장에 붉은 장미꽃이 매달려있다

싱싱한 목숨을 죽음으로 내던진 장미 한 다발
검게 시들어간다

잎과 줄기를 가지런히 모은 채 삭제된
어느 젊은 여자를 생각했다
안개 낀 강가를 서성이거나
이슬 맺힌 절망에 기대어
그 안쪽을 헤매다
어둠 쪽으로 똬리를 튼

넥타이는 꽃을 허공으로 들어 올리는데 한몫했다

가시 돋친 생각을 밀고 당기며
매달리고 싶거나 간절했을지 모를
들키고 싶은 경계에 그 꽃과 사내가 있었다

건조된 바람이 샛길을 따라 들락거리고
남은 자는 재생할 수 없는 추억을 뒤적인다

>
어둠이 흘린 돌아 갈 수 없는 길
조금씩 피 말리는
유월의 카페 천장 드라이플라워
아직, 입술이 붉다

화상

라면을 끓여 상에 놓다가 쏟았다
냄비와 불의 관계는 멀지만
라면과 국물의 관계는 뜨겁다
뜨거운 국물이 옷자락을 적셔 생살을 무는 듯
통증이 번져 부어오른다
화상 흔적은 국물 혹은 진물일 것이다
화기가 지난 곳마다 통점이 점령하고
주둔지 막사처럼 물집이 집을 짓는다
수포는 아픔의 관계들이 모여드는 곳,
습하거나 끈적한 곳은 고통의 은신처
바늘로 물집 허물어본다
손에 뜯겨나는 살점이 거푸집처럼 무너진다
먹구름 드리운 날에는 데인 상처가
폐부 깊숙한 곳으로부터 근질거린다
눈을 감아도 불길로 솟아오르는 굳은살
불면의 어둠 속에서 긁는 가려운 살갗,
한숨을 뱉어내는지 밤바람에
살 비늘이 우수수 떨어진다

고양이 코스프레

고양이 가죽을 걸친 누군가 거울 속으로 들어갔어
완벽한 고양이,

굶주린 눈동자나 발톱은 비린내와 가까워야 해
불량한 모험심은 수염을 눕히고 귀 세우지만
사뿐히 걸어야 해
수시로 물어뜯은 흔적을 지우기 위해
정성스레 털을 다듬고
날카로운 이빨은 웃음 뒤로 숨겨야 해
쭉 뻗은 발끝에 스펀지를 부착한 듯
가벼운 낙법은 필수라지
어떡하면 은밀하게 흡수될 수 있을까

강자 앞에 털을 세우거나 눈망울이 커지는 건 본능인데
거울 뒤 숨은 감정이 흔들리고 있어
그런데 숨겨진 경계와 내면의 영역은 어디쯤일까
비수가 긴장하며 위험을 대비하지만
발톱이 펼쳐지는 시기는
생각이 밖으로 내몰리는 시기일 수도 있거든

\>

나른하게 조는 실눈 사이로 호시탐탐 기회를 엿보며
무대 뒤에서 웃고 있을 검은 심장

급소를 찔린 듯 앙칼진 울음이 새어 나올 때
이미 부드러운 발톱은 사라졌어

누군가 쳐놓은 그물에
피맺히도록 바닥을 긁고 있는,

풍등

낮이 어둠으로 바뀌기 시작하며
그리움이 소원으로 바뀌었다

등은 하늘과 소통하는 행성
빈다는 것은 절박함을 한곳에 모으는 것
깊은 밤
나락으로 떨어졌다 오르기를 반복할 때
쪽달의 날개가 되어준 건 한 줄기 빛
허공을 오르는 건 홀로 자신을 찾아가는 모험
바람의 방향 따라 팽팽하게 균형을 잡는다
어둠이 촘촘히 박힌
먹빛 하늘 가늠할 수 없어
기우뚱거리는 등燈과 등 사이 불똥만 튄다

공중에 울음 같은 촛물이 떨어지고
길을 밝히는 여정에
흔들린다는 건 허공의 모서리에 부딪히는 것
바람을 타던 등이 공중에 내걸리고
어느새
밤하늘에 행성 하나 떴다 사라진다

해바라기 파이

지구별을 구워요

빛을 따라 돌고 도는 오븐
고요가 깨지는 순간
뽕잎 뜯어먹는 누에 소리가 들려요

열이 파이 속으로 스며들기 시작했어요
해바라기, 호흡을 가다듬고 부풀어요

원반 가장자리는 노릇한 공갈빵이예요
200도의 온도에 예열시간은 20분,
고온에 파이 바닥이 탈 수 있어요

어쩌면 부실한 생각은 한 조각 맛없는 파이가 될지 몰라요
껍질 안,
촘촘히 박힌 완벽한 열매
파이가 익는 동안 갈색 향기가 군침을 유인해요

잘 익은 씨앗은
토핑으로 반점이 생겨요

>

가을엔 아폴론을 바라보던 얼굴도 단단해져요

오븐 안,

파이가 바삭해요

잘 익은 씨앗을 향해 달려드는 건 새들이어요

밀양시제時祭

작살나무 열매들
본적인 듯 그곳에 모였다

기억 없는 아득한 조상의 내력을 읽는
낯선 풀들이 낮게 고개 숙이고
어색한 제축문은
젖은 낙엽위로 수북이 쌓였다
색 바랜 이력을 추적하거나
소나무가 슬그머니 뱉어놓은 그늘 밑
그림자 사이로
묘비 문을 판독하며 으쓱해지는 문장들
오래된 좀작살나무 열매가
신비스럽게 익어가고 있다

침묵에 쌓인 축문의 귀퉁이가
바람에 나풀거리며 접혔다 펴지고
후손들 안부인양
산소 위를 비행하던 곤줄박이 한 마리
비석에 내려앉아 의문의 고개 쭈뼛거린다

\>

　울타리 안, 가깝고도 먼 자리

　외딴 산막의 그늘 맛보았다

끼니와 라면의 관계

양은 냄비는 허기를 부르지
바닥이라는 단어가 불과 밀착될 때
짧은 시간 화들짝 달아올라 냄비에 꼭짓점을 찍고
모락모락 피어오르는 냄새에
식탐은 뚜껑을 열지

누구는 배를 채우기 위한 한 끼가
무료한 하루를 시작하는 힘이 된다지만
허기지지 않아도 습관처럼 먹는 간식은
메워지지 않는 끈끈한 중독성
가을날, 가벼운 주머니가 그렇고
가슴에 쌓인 공허감이 그럴 것이다

착착 달라붙는 감칠맛은 굽이쳐온 생을 잊게 하지만
불어나는 식곤증을 끌어안고
생각에 잠기다 보면 후회는 면발처럼 꼬이지

퉁퉁 불은 면발을 씹다 보면
싸늘해진 인생이 서글퍼져
눈물에 저녁을 꾹꾹 말아 먹다보면
양은 냄비엔 무거운 저녁만 담겨있지

비대한 슬픔

문득, 낯익은 목소리가 들려
뒤돌아보면 차디찬 심장의 보고픈 이 보이지 않아
흐트러진 목소리 모을 수 있다면
허공에 떠도는 환영, 만질 수 있다면

슬픔은 점점 뚱뚱해지는데
담담하게 지내라는 공기들의 후덥지근한 말들

간절한 게 죄라면 하늘에 심장을 내 걸고 실컷 울겠어

나 대신 울어주던 비는 간간이 끊어지고
추적거리던 잔비 사이로 그림자를 끌고 온
햇빛의 발목은 어디로 갔을까

과녁을 뚫던 화살은 꺾이고
허공에 빈 족적만 어지럽게 찍힌 길 잃은 기억

염소자리 하나 늘어난 북쪽 하늘을 보며
말 없는 말이 벼랑을 기어오를 때
부재라는 단어에 고립된 나,

후회의 부표는 표류를 반복하고
눈물이 떨어지면 멀리 못간다는 누군가 전언에
마지막 인사 옷깃으로 찍어내네

그녀의 궤적

깊은 밤, 운명 하나가 전화기에 실려 왔다

수시로 위태롭던 그녀
언젠가 무심결에 흘린 무게가 한쪽으로 기운다

어둠의 깊이를 읽지 못해
찾아든 오목눈이 둥지
음지에서 뿌리내린 내부는 빛이 들지 않아
둥지는 늘 흔들렸다

낮처럼 밤을 질주해도 둥지엔 볕이 들지 않아
검은 그림자가 다가와도 비껴갈 환승역조차 없었는지
서둘러 그가 먼저 먼길 떠났다

봄은 꽃을 여는데 그는 더 깊은 지하로
내려가기 위해 못을 친다

바닥난 봄이
마음 한구석에 그리움 하나 심어놓고 갔다

\>

이제 지상의 자물쇠가 굳게 채워져야 할 시간
검은 연기가 허공을 헤치며 날아간다

마소두래기*

느닷없이 그가 들고 온 부탁
수락은 넓고 거절은 좁은 통로예요
좁은 통로를 건너려면 단호함이 필요해요
무겁게 들고 온 부탁은
누구라도 갇히고 말거예요

거절은 회오리바람이 되어 앞뒤 마을로 날아가고
부풀려진 소문은 부메랑이 되어 돌아오고 있어요
배배 꼬인 뒷담화가 뱅뱅 돌며 뻗어가요
수렁 같은 토네이도 눈도 보여요

발 없는 소문이 머리 풀어헤치고 날아갈 때
쏠리지 않기 위해 버티는 회전축
하얀 밤이 흔들려요

시간의 터널에 기대어
손바닥을 들여다봐요
거기에도 갇힌 소용돌이는 있지만
파랑 없는 해수 밖은 따뜻해요

\>

돌아온 뜬소문이 몇 바퀴를 돌았는지
부풀대로 부푼 애드벌룬이 되어 흔들려요

* 마소두래기 : 말을 이곳저곳 옮겨 퍼트리는 것.

다국적人 풍경

창문을 뚫고 들어오는 햇살
먼지로 밀려오는 작은 말들이 복닥거려요

누런 들판을 가로지르는 전철 안,
투명을 담보한 금발 연인의 키스가 아찔해요
무관심을 가장한 몇 사람이 가을 햇빛을 쏘아봐요
이어폰에 도취된 엉덩이도 춤을 춰요
가시눈으로 바라보며 소란을 막는 이어폰은
고요를 들여다보는 작은 사람들이에요
대화가 높은 파도를 타고
레게머리 여자의 우걱우걱 씹는 햄버거가 느글거려요
빠른 리듬에 흔들거리는 나이키 상표도 자꾸만 크게 보여요
사람밖에 서 있는 우즈베키스탄 젊은이,
우수에 젖은 캐리어를 보며 그윽이 창밖 풍경을 응시해요
눈꼬리 까칠한 조선족 여인,
알 수 없는 거센 태풍이 수화기에 몰아치고
고개 숙인 벼 이삭들,
묵묵히 귀 열고 풀벌레 소리 들어요

다국적 人들,

수원역 도착이란 방송에
각국의 언어가 썰물처럼 빠져 나가요

폐선

전언은 두 달 전부터 불고 있었다
예보는 소소한 파도로
미뤄지거나 망설이기도 했지만
시로 소통된 인연은 그녀를 기어이 끌어올렸다

해마다 가을이면
파닥거리는 바다가 도시로 배달되고
미더덕이나 생굴은 갯내음을 목젖까지 전해줬다

통통배 소리에 맞춰 유행가를 흥얼거리며
바다를 노다지라 고마워하거나
품은 세상을 파도 한가운데에서 건지며
물 위를 전전하던 광암 포구 여 선장,
그녀가 물길을 읽을 즈음
40년을 같이한 배와 함께
폐선이 되어 바다의 키를 놓았다

잠시,
놓아버린 바다를 끌고
그녀가 도착하자 짭조름한 경상도 사투리가 퍼졌다

간기를 흡수하려 모인 바람들

밤새, 뒤척이는 그녀 몸에선 진동의 미더덕이 꼬물거리며

파도 소리가 들렸다

소리의 소멸

206호 딸 셋이 피아노 치듯 뛰어 다닌다
오후만 되면 맨발로 건반 뛰는 소리들
검은 건반이 바쁘게 뛰어 내려오고
흰 환영들이 그 뒤를 따르는 듯한
저 소리의 소란한 끝은 왜 맨발일까
언제부턴지 내 기억은 저 소리에서 깨어났고
소낙비가 몰려오던 어린 시절
먹구름 앞, 한달음 맨발을 숨겨준 등나무 밑
그때,
내 심장의 두근거림은 희거나 검었고
모든 시간이 미간으로 모인다고 느끼던 시절이다

물방울을 끌고 온 구름이
오월의 등나무 속으로 들어와 보랏빛과 소낙비에 젖은
생각을 훔치고 빼꼼히 내민 해가
뉘엿뉘엿 창문을 닫을 때 돌아서곤 했다

노을이 돌아갈때
건반 위를 뛰던 206호 소리도 함께 외출한 걸까
희거나 검은 환영들이 사라진
소란스러움의 끝은 저리 소멸되는 것인지,

장폐색

통로는 수시로 막혀 악취와
통증을 동반한 날이 많다
낯선 기계를 들이대고 관장약을 쏟아부으면
간헐적 틈이 보이다
다시 막힌다
퇴석층을 이룬 오물이 역류하고
몸에 갇혔던 냄새가 탈출을 시도한다
일상이 들어앉아 부패한 스트레스,
몸을 막고 있는 어둡고 침침한
하수구를 짐작해본다
내려갈 수도 들어갈 수도 없는 소통 불능인 통로
한곳이 흐르는 걸 막아
폐색의 단층을 이룬 것은
하구 경계를 게을리 한 탓이다
장이 막힌다는 건
마지막 한계에 도달한 낡은 배관의 반란이다

허리가 휘도록 통증이 혈을 막고
길은 열리지 않는데
건너편에선 아랫도리 터널 뚫는 공사가 한창이다
또다시 대장이 막히고 있다

몸살

콩대를 거둬들인 후
며칠째 앓아누운 몸에서 소란이 일어나고 있다
팔다리가 쑤시며 오한이 나고
때론, 불필요한 발열에 사로잡히기도 하고
콩밭 일은 나를 내버려 두지 않는다
오한을 동반한 콩은 발효의 곡식이라 그런지
근육통을 발효시킨다
내 왼쪽 어깨 근육을 발효시키고
허리 뼈를 숙성시키는 미생물이 그렇다
아마도,
여기저기 피어나는 곰팡이는
내 오래전 과로도 기억하고 있는가보다
한동안 매달려 있던 누렇게 뜬 피곤과
끈끈하게 눌어 붙어 있는 불혹이라는 메주콩이 그렇다
피곤함이란, 내 근육의 샛길로 들락거리던
바람을 잠재우지 못한 탓으로 불혹 또한,
날실로 이어져오던 시간과 뼈의 반란일 것이다

근육통을 잠재워 본다
삼 일 동안 숙성된 오한과 발열이 누렇게 떴다

하늘계단

남부 터미널 지하도
노인이 계단을 올라간다
인파를 헤치고 내딛는 발은 허당을 밟고
남은 기력 지팡이에 모아
힘껏 계단을 더듬지만 더듬는 손길마저 헛손질이다
급기야 약한 관절이 외마디 비명 지르고
소리에 놀란 걸음은 중심을 잃고 호흡이 당황한다
혼비백산한 발바닥
이승과 저승의 경계 넘나든다

노인은 생의 계승을 위해
한 걸음 한 걸음,
저승을 향해 가고 있다
계단을 밀고 올라간다는 것은
산다는 것에 대한 저항이며
생이 대기권 밖으로 밀려나는 행위이다

땀으로 범벅된 노파의 삶엔 관심 없는 듯
젊은 풍경이 곁눈 사이로 지나가고
신발과 시멘트 바닥사이 마찰음만 아우성이다

노인,

이승 떠받치고 올라간다

4부

조현병

초저녁, 웅크린 달이 떨고 있어요
배고픈 우유병이 굴러다녀요
달이 빛을 흡수하면
수시로 변하는 여자,
빛의 모서리가 날 세워요
기분이 고조되면 욕조에 빨간 장미도 흩뿌려요
조각달 반대쪽에선 빛이 흐려지거나 차갑게 식어가요
밀물이 밀려오면 반짝 맑았다
숨겨진 비수가 다시 돋아요
끝내 하늘을 찢고 어둠 속으로 빨려가는 빛의 손을 놓쳤어요

파도에 끌려 수평선을 걸어도
해안가는 보이지 않아요
출렁이는 내가 보름달이 되려면 좀 더 차올라야 해요
가끔 표류하는 빛의 소식이 들리면
가슴이 콩닥거려요
먼발치에서 빛을 본 적 있어요
재빨리 파도 뒤로 숨었어요
한 번은 맨발로 달려온 파도와 바닷물이 부딪쳤어요
파도가 따귀를 때렸어요

빛을 너무 사용한 대가래요

다시는 나타나지 않는 어둠,
이제 구구단을 외워요

매미의 종족

울음은 여름이 찢어지도록 이어졌다
뿌리내릴 연결 고리가 없음에
남자의 탐색은 계속되고
세 번째 여자,
땅속에 숨어 지내야 하는 유충으로
칠 년을 지냈다

한여름, 가로수는 매미의 집단 출몰 지역이다
하지 무렵에 허물을 벗고 나무 위로 올라선 여자
껍질을 붙잡고 단단히 매달려 있지만
세상은 그녀에게 날개를 허락하지 않았다
포식자들이 뜸한 밤이면 가로등 밑에서
그악스럽게 울어대는 한 사내를 찾아 나서야 하고
천적을 만나도 소리 내어 울지 못하는 암매미였다
성충이 되고도 어둠은 길어졌다
여름이 곡선을 그리자
서둘러 잔가지에 알을 슬기 시작했다
호시탐탐 알을 노리는 까치
숲 그늘이 길어지자 매미 울음은 더욱 기승을 부렸다

>
긴 시간이 접히고
어느 순간,
까치의 생과 사가 바뀌었다
온전히 남자를 차지한 여인,
길지 않은 여자의 생도 가을의 끝자락이 바스락거릴 때쯤
장송곡이 들렸다

길, 혹은 상처

먹구름 아래선 누구나 멈칫거린다
멈칫거리는 것은
갈등 혹은 고민의 뇌파가
출렁이기 때문이다
밤을 갈등 혹은 고민으로 밝히며
많은 사람과 사랑이 걸어 간 길,
나도 상처를 내며 걷는다

고독이나 외로움은 늘 상처로 내장되어 있다는 것을
길은 기억하고 있다
간혹 외로움은 폭풍을 몰고 오기도 하지
늑골 근처 아니면 명치끝 어디쯤
컴컴한 곳에 움츠리고 있는 그것,
끝내 내뱉지 못한 말 한마디가
길 잃은 길이 되어
목에 눌어 붙은 가래처럼 끈적인다

눅눅한 시간을 흡수하기 위해
누구든지 먹구름 아래서 멈칫거린다

안구 건조증

거울 속
낙타 눈에
평원과 고비사막이 펼쳐진다

긴 속눈썹
방어막 사이로 들이치는 모래 알갱이
낡은 시간 물의 통로가 끊어지고
가벼워진 모래를 물어 나르던 바람
어느새 구릉지가 되었다

멀리 물체가 가물거리며 흔들린다
하늘과 땅의 경계도 흐릿하다
누군가 건너간 흔적들,
굴절된 빛에 몇 그루 나무가 거꾸로 서고
오아시스가 보인다

수평선 끝
붉은 노을은 어둠이다

서둘러 낙타의 후각을 빌어 물의 진원지를 찾는다

>

낙타가 깊은 눈 깜박이며

인공눈물 넣는다

정지된 봄

경칩을 아슬히 넘긴 봄
링거 줄에 걸린 아지랑이가
축 처진다

달력은 2월의 꽃샘추위를 아직 정산하지 못했다

혈액의 음모는 색을 지우거나 빛을 놓치는 일
물관을 운행하던 돌연변이가 목을 느린 채
달빛이 흘린 악성 수액에 창백해지고
홍매화,
봄을 태울 듯 흐드러졌다

수시로 잠을 몰고 온 북쪽 하늘
까마귀떼 득실거리다 사라지곤 했다
그때마다 어둠이 두려운 너는 잠을 흔들어 눈을 붙들고 있었지
활짝 핀 홍매화에 데거나 시드는 건
가슴에 압정 하나 꽂는 것

초록을 갉아먹던 경계에 남은 흑달黑疸
물오를 낮은 계단을 찾아

세포 이식이 가파르게 절벽을 넘는다

또 한 번, 찬서리 같은 봄이 지나는 오후

출렁이는 생의 구름다리를 건너는 저쪽
치열하게 올라온 홍매화 한 송이
독한 울음 밀어낸다

봄이 한층 가까워졌다

판 벌이다

뜬구름 모아 비를 뿌리는 일과
사계는 있어도 축적되는 것 없는 계절

꽃샘추위엔 꼭 바람잡이가 있어
봄은 사내를 불러내거나 유인했고
남자는 스스로 불나방이 되었다
패를 흔들 때마다 행운이나 불행은
마이더스 손 혹은 마이너스 손이 되고
판이 벌어지며 더욱 화사해진 봄

그늘진 집의
안테나는 어느 쪽으로 돌려도
우환의 반대쪽이 잡히지 않는다

날 선 풀잎이 제풀에 꺾일 때쯤
누런 얼굴로 나타난 남자
봄비를 투자하면 금방이라도 활짝 필 듯
꽃봉우리와 아지랑이로 치장된 언변이 바닥에 뿌려진다
깨진 말이 사내에게 비수로 되돌아가고
퀭한 허공을 붙들고 있는 눈

눈치 빠른 봄기운과
달콤하게 토핑된 혀의 농간에
행운을 잡지 못했다는 그는
밤새 한 마지기 땅뙈기를 잃었다

벌어진 틈으로 꽃바람의 접근이 쉬웠던 사내
낙장 불입이다

폐경

몸에 가뭄이 시작된 것일까
비를 기다리는 마음은 하루에도 몇 번씩
물의 흔적을 더듬거려 보지만
몇 달째 감감무소식이다
댐 하류에 무지개가 사라진 것은
장마가 사라졌다는 의미,
언제부터인지 내 안
방류되지 않는 댐 하나 생겨
수증기 증발하듯 마르고 있다

운우의 날을 맞춰 먹구름이 몰려올 때쯤
수시로 메마른 관절 사이를 뼈가 물어뜯고
잠을 설치는 전조증상은 길어졌다
댐 하류를 지키던 습지나 둠벙 역할이 끝난 것일까

폐경,
갱년기로 접어든 계절엔 고독과 우울의 늪도 깊어졌다
가을의 끝자락으로 들어서며 강물이 증발되기 시작하고
오랫동안 흐르던 몸 속 물길 하나
길이,
끊어지고 있다

우울한 지갑

전생에 초원을 달리던 시절이
가죽으로 복제되었지
짐승의 본성 숨길 수 없어
비가 오면 비릿한 냄새에 끌려
빌딩 숲이나 거리를 방황했지
그런 날은 부활이라도 한 듯
야생의 소리를 내며 돌아다녔지
영역 표시가 된 곳으로 바람이 불 때마다
지린내 같은 가죽 냄새가 번져왔지
고삐도 없이 명품이란 허영에 매였지만
뼛속까지 숨겨진 혈통
어쩔 수 없는지
어떤 날은 인파 속으로 사라진
가방 혹은 구두를 보고
야생의 무리인 듯 쫓아가지만
눅눅한 동족의 풀밭 찾을 수 없어
몇 날 며칠을 다시 방황했지
방황이란 모든 기억을 실종시키는 것인지
사람들은 종종 취중에 나를 잃어버렸지
그럴때면 공원 벤치나 유원지에 앉아
두둑해진 뱃속이 꼭 외상 장부 같다는 생각을 하였지

호박고지

참선 중이던
누런 호박이 몸을 연다
씨앗이 눈부시게 환하다
엄마 안에서 엄마를 훔치고
다음 생애를 틔울 씨앗들,
후생이란 저처럼 이승의 환한 빛마저 닫고
또 다른 봄을 기약하는 것
참선에 길들여지는 것들은 담장 위에서도
윤회를 훔치고 있다
나 또한 어머니 후생이기는
저 호박의 씨앗과도 같다
한 세계가 무르익을수록 더욱 공평하게 여며야 하는
이승과의 인연은 저울처럼 정직한 날들은 아니었다
한 여름 작열하는 태양 아래 스스로를 묶어
참선에 드는 일이 그러했고
묵묵히 참아내던 내 인내심이 그러했을 것이다
열었던 몸을 조용히 닫는 찰나에
햇빛이 잠시 머물다 가고
육신을 해탈하는 엄마의 생에 뽀얀 진액이 내려앉는다

추락한 날개

그녀, 자주 낭떠러지로 떨어지다 꿈을 깼지
나름 꿈을 해석하며 꿈일 뿐이라 위안도 했지
악몽을 꾼 날은 골똘히 생각을 뒤척였지만 흘리진 않았지

샐비어 붉게 마당을 덮던 날
거리에 후덥지근한 소문이 끈적거렸지
혓바닥이 닳도록 난촌 댁을 위하던 난촌 댁 아들
여름을 횡령한 철새 따라 어디론가 날아갔다는
뜬소문 같은 진실이 버젓이 거리를 활보했지

늙은 새를 비상할 수 있게 해주겠다며
혀끝을 맴돌던 사탕발림 역시
가지 끝에 어미 새를 앉혀놓은 채 홀연히 사라졌지
나무 밑에서 시궁창 냄새가 끊임없이 피어올랐지
다시 숲에 나팔소리 퍼지고
그녀, 마음을 허공에 매달았지

건조한 하늘을 비행하던
초조와 불안이 낮게 날기 시작하자
두려움은 점점 불과 가까워졌지

견디지 못한 우울은 수시로 행성과 교신을 주고받고
새는 스스로 날개의 깃털을 뽑기 시작했지

어쩌다 어렵게 짐승의 귀를 잡아당겨 생각을 펴지만
귀 밖에서 퍼덕이던 날개는 멈추고 말았지

외로움은 수시로 궤도를 이탈하고
들짐승은 풀잎의 흔들림에 화석이 되었지

빈집

어머니가
벽에 기댄 채 이 빠진 시간을 곱씹고 있다
살은 바람에 깎이지 않았는지
뼈마디는 상하지 않았는지,
겨울의 짧은 해가
빈집 구석구석을 야무지게 주무른다
그림자 없는 빈자리의 허전함을 느끼며
홀연히 떠나버린 그림자가
담벼락에 어른거린다
널브러진 마당의 정적도
쇠락의 기척을 느꼈는지 낮게 수군거린다
모든 소멸의 길은 저리도 눈부시게 허름한 것인지
그녀는 벽 밑에 쪼그리고 앉아 가슴이 시리다고
구멍 뚫린 벽에 살을 붙이고 또 붙인다
메워도 틈은 벌어지고
벌어진 틈새로 짧은 노을이 파고드는가 싶더니
언제 적인지 모를 내 불구의 기억을 문
새앙 쥐 하나,
소멸의 반대편으로 빠르게 사라진다

추모관에서

낮은 산자락이 와락 안긴다

변두리 어느 아파트인 듯
씨족마을인 내 고향을 옮겨다 놓은 듯한
마을 앞 광장,
밤이면 신해철이 공연하고 박상규가 콘서트를 연다는
뜬소문이 간간이 떠도는 곳

문득
그 옛날 할머니께
시집살이했다는 엄마 사촌 동서 이야기가 떠오른다

섣달그믐 도란도란
시어머니 동정 달던 날
잿빛 하늘의 마당에 뜯긴 동정이 나동그라진 채 숨이 멎고
휑하니 멀어지던 발자국 소리
그 순간 쏟아지는 함박눈을 온몸으로 받아내던 새댁들,
서툰 바느질에 찔린 손톱 밑보다 아린 시집살이
여인은 아직도 매서운 눈물바람 아래 서 있을까

>

가장 서글퍼지는 건 누군가 기억에서 지워지는 것

동백꽃 피는 계절에
시들지 않을 생화 하나 꽂아 놓으면
이제 잠결에 베게 적시는 일은 없겠지

역류

그녀의 얼굴
비껴가지 못한 세월이 모락모락 피어올랐다

탄력없는 계절이 몇 번 바뀌었는지
늘어진 불안이 피부과를 다녀왔다
거친 세월 길들여진 얼굴을 재생시켜준다는
레이저와 고주파 말을 믿고
그녀, 망설임 없이 부서졌다
군데군데 얼룩진 보름달이 뜨고 탱탱함에 안도하는 엄마

기워진 보름달 값을 묻자
비밀이라며 그믐달 같은 입 굳게 다문다

한 세월,
시리고 모진 바람을 알몸으로 맞서며 살았던 노모
딸은 콧등이 시큰거려
참가죽나무에 매달린 나뭇잎이 되어 흔들리곤 했다

노인정에서 주워들은 하얀 정보에
여든 세 살 엄마가 시계바늘을 거꾸로 돌리기 시작했다

오늘과 봄 사이

겨울을 한 장 넘기니
입춘이 반짝 눈에 들어오네

봄으로 가는 골목에
사나운 바람이 으름장을 놓고
세상은 물의 송장이 늘비해
겨울을 묻기 위해선 햇빛이 필요해
응달이 사는 고샅길엔
아직 죽지 않은 이월이 숨어있어
땅속에 내일이 꿈틀거리고
길목에 비틀거리는 오늘,
오늘이 숨을 거두면
연두는 노래 부를 거야

난 내일이 필요해

이월을 다시 넘기면
책갈피에 수북이 쌓인 먼지,
눈에 들어오고
맑은 하늘에 걸어둔 빗장 하나

늦은 봄에 풀릴까
꽃샘추위와 봉합되지 못한 오늘이
줄다리기 하네
부석사 목련나무는 벌써 탱탱한데

겨우살이

동지섣달
어머니 산후조리 하던 날
진종일 불어대던 바람이 사라졌다
한기가 뼛속으로 스미는 밤

아기울음이 바람을 흔들고
비릿한 홑치마 차림으로
굴참나무에 매달린 어머니

옥양목 적삼에 뜬
달의 눈 속에 회오리치는 바람
달이 옥양목 적삼 움켜쥔다

어머니 시집살이는 동지섣달 한파보다 매웠다

현무암

사촌 언니 다섯 살 때 마마가 다녀가고
만개한 꽃들은 바람과 함께 사위어갔다
꽃 진 자리는 비바람이 후벼 파
흔적을 다 가리지 못했다
언니,
거울 속에 꽃그늘을 가두고 싶었지만
그늘은 늘 가슴언저리에 드리워져 있었다
수시로 와닿았던 바닷물이
눈물로 변해가고
흉터난 자국은 바람과 내통한 사연이 있는지
밤마다 조열로 들끓었다
푸른빛이 도는 달과
구멍 뚫린 교신을 하며
새벽달이 사라질 때까지 훌쩍이던 언니,
바람이 흔들어댈 때마다
자꾸만 시들어갔다
꽃들이 주고받던 소문도
돌 속의 공명으로 분분하였다

내면적 상처, 위기를 맞은 시대의 비애

마경덕 시인

내면적 상처, 위기를 맞은 시대의 비애

마경덕 시인

7천만 년 전 중생대 "백악기의 지층"이 있다. 지각변동으로 뒤집힌 호수 밑바닥이 물 밖으로 올라오고 파도에 깎여 모습을 드러낸 '채석강'은 켜를 안친 시루떡처럼 층층이다. 한 켜의 지층은 숱한 "시간의 미라들"이다. 아무 말도, 어떤 말도 할 수 없는 입이 닫힌 시간들을 찬찬히 들여다보면 굳어버린 침묵과 압축된 여백에서 "시간의 올"이 풀려나온다. 해식 절벽은 까마득한 "지구의 역사책"인 셈이다. 조선시대 전라우수영 관하 격포진格浦鎭이 있던 곳, 바다를 지키던 수군水軍과 그 격랑은 흔적조차 없지만 바다에 존재했던 사실을 누가 부정할 수 있을까.

소설가 김훈은 『칼의 노래』에서 "남동 썰물에 밀려갔던 적의 시체들이 다시 북서 밀물에 밀려 명량을 뒤덮었다… 죽이되, 죽음을 벨 수 있는 칼이 나에게는 없었다. 나의 연안은 이승의 바다였다." 라고 죽음에 대한 이순신의 고뇌를 기록했다.

온갖 것들이 떠다니는, 심지어 적의 시체마저 쓰레기에 지나지 않는 이승의 바다에서 칼이 벨 수 없는 것은 "내면에 깃든 죽음뿐"이었다.

프로이트는 "해결되지 못한 상처를 꺼내 승화시키는 치유의 과정"을 문학창작 과정으로 보았다. "없음에 대한 있음"을 꿈꾸는 시의 힘으로 기억의 지층까지 파고들어 내면의 것을 끌어내는 과정이 시 쓰기이다. 인간을 제압하는 상실감, 그늘에 묻힌 세상의 뼈저린 것들, 실체가 모호한 존재마저 여러 각도에서 절개하고 탐색하여 지면에 펼쳐야 한다. 시 쓰기는 "상처를 드러내는" 것으로 시작되기 때문이다.

시인의 역할은 "물질세계에 존재하는 모든 사물의 상징을 찾아내어 정신세계의 본질에 다다를 수 있게 돕는 것"이라고 한다. 시가 지닌 또 하나의 '가치'는 그것이 우리의 "반성적 사유"를 자극하기 때문이라는 것이다.

현상연 시집 『가마우지 달빛을 낚다』에는 어느 하나로 규정할 수 없는 비감悲感이 있다. 미처 감지하지 못한 인간의 고독한 내부, 부재와 결핍, 시대와의 불화, 폐허가 되어가는 인간의 내면적 상처에 접근해 다양한 층위의 슬픔을 보여준다. 현상연 시인은 대상과 심미적 거리를 유지하며 이미지를 구성하거나 문제를 차분하게 내면화시켜 진정성을 획득한다. 시인이 채집한 현시대의 불안은 암울한 현실과 밀접하게 이어져 삶의 비애를 느끼게 한다.

칠월,
익모초 꽃이 필 때면 창문이나 옥상으로

자주 눈길 주며 굳은 결기를 보이던 사내
시위에 걸린 활처럼 팽팽한 화살촉이 되기도 했다

마음을 뒤집으면 꽃 필 수 있다고
또 다른 봄을 기대하지만
꽃피는 계절은 따로 있어
팔년 동안 쓴 줄기만 밀어 올린다

만개한 통증,
저 눔의 꽃대 잘라 버려야지
청산가리보다 독한 고통의 꽃
꺾어버려도 다시 자랄 다년생 병 줄기
깊이 박힌 뿌리 잡고 실랑이하지만 끝이 보이지 않는다

여름의 시작은 어디고 어디가 끝일까

죽음보다 힘들었던 그해 초여름,
환장하게 짙어가는 녹음에 나는 시들고 있었다
　　　　　　　　　　　　　　　　　　　—「그 쓰디쓴,」 전문

　불완전한 우리의 삶에 느닷없이 끼어든 것들은 '쓴맛'이 대부
분이다. 체험을 형상화한 작품「그 쓰디쓴,」은 무망無望한 한때
를 보낸 투병의 기록이다. 직면한 실존적 고통은 팔년 동안 쓰디
쓴 꽃대만 밀어올린 막막함으로 나타난다. 끌어안아야 할 대상

은 자꾸 품을 빠져나가고 간병을 돕는 시인과 간병을 받아야 하는 대상은 서로에게 지쳐 힘이 부친다. 흩어진 일상의 고리들을 연결하여 질서를 찾는 일이 간병인에게 주어진 문맥이며 의무인데 녹음이 짙어갈수록 병은 뿌리가 깊어 병시중하는 마음마저 시들고 있다. 녹음과 퇴색되어가는 무위無爲의 날들이 병치되고 애틋함은 고조高調 된다.

약재로 쓰이는 쓰디쓴 '익모초', '쓰다'에는 여러 가지 의미가 들어있다. 단순히 '익모초'의 '쓴맛'이 아닌 고달픈 마음의 상태, 불안한 환경도 '쓴맛'이다. 하나의 뜻이 두 개로 풀이되는 것처럼 "화가와 페인트공"도 구분 없이 영어로 'painter'라고 불린다. 한 사람은 작품을 위해 화폭에 붓질을 하고, 또 한 사람은 단순히 색을 덧입히기 위해 붓질을 한다. 전자의 행위는 '예술'이고 후자의 행위는 '노동'이다. 정반대되는 붓질이 같은 단어로 쓰이고 있다. 붓질을 '하다'에 의미를 두었을 뿐, 그 붓으로 "무엇을 어떻게" 했는지는 가리지 않는다.

두 사람이 쥔 붓은 '하나'이면서 '각각'의 붓으로 나타난다. 청산가리보다 독한 "고통의 꽃"은 꺾어버려도 다시 자랄 다년생 병 줄기에 희망은 빠르게 낙담으로 시든다. 생명의 끈을 "붙잡은 손"과 그 "손을 붙잡고 버티는" 환장할 것 같은, 이 미묘한 간격은 같은 공간에서 벌어진다. 긴 시간 억제된 감정이 촉발되는 심리적 현상을 다룬 '쓴맛'을 넘어선 '쓰디쓴'은 피해 갈 수 없는 인생의 '깊은 맛'이다.

평택 고덕지구 도로변

쇠락의 길을 걷고 있는 집성촌 주택들

바람이 건들거리며 곰팡이 핀 벽을 뜯어먹고
떠돌이 개들이 모여든다
허공의 무게에 철근 골조가 휘어지고
달빛은 공명의 발자국 뚜벅거리며
희미한 그림자를 마당에 풀어놓는다
싸늘한 아랫목에 때 절은 잠이 뒹굴고
문지방 위 빛바랜 액자,
떠나간 얼굴이 갇혀 있다

기척이나 생기가 사라진 건물은 어둠의 묘지
몇백 년 먼지를 둘러쓴 시간이 빠져나가고
기울어진 서까래에 적막이 거미줄 친다

철거라는 현수막이 걸린 담 밑
잡초는 봄볕에 땅을 이고 기지개 켜고
유빙처럼 떠도는 소문을 입증하듯
재개발 플래카드가 펄럭인다
폐허를 받아들인 건 사람들이다
　　　　　　　　—「폐허의 내부」 전문

　　주목할 점은 눈으로 "보여지는" 폐허와 폐허가 되어버린 사람들의 "보이지 않는" 마음이다. 잡초는 봄볕에 땅을 이고 일어서지만 폐허를 받아들인 쇠락한 마음은 복원되지 않는다. 대부분 재개발이 시작되면 원주민들은 떠나가고 각지에서 몰려온 낯선 이들이 그 자리를 차지하기 마련이다.

"기척이나 생기가 사라진 건물은 어둠의 묘지/ 몇백 년 먼지를 둘러쓴 시간이 빠져나가고/ 기울어진 서까래에 적막이 거미줄 친다."를 통해 시인은 몇 백년의 시간을 버텨낸 마을의 내부를 선명하게 보여준다.

주름과 흰머리는 사람의 몸에 시간이 살다간 '증거'이듯이 집에도 인생의 계급장 같은 몇백 년 먼지를 둘러쓴 시간이 있다. 철거된 건물의 잔해에도 누군가의 흔적이 남아있다. 그간 존재해왔지만, 사람들의 인식에서 존재하지 않았던 것들은 흘러가버린 시간일 것이다. 폐허의 주인들은 다가올 마지막 시간 앞에 서 있다. 재개발이란 명목으로 이어지는 거센 물줄기는 마을을 홍수처럼 쓸어버린다. 그 지류를 타고 모여든 사람들에 의해 새롭게 마을은 형성될 것이다.

「폐허의 내부」에는 죽음이 도사리고 있다. 폐허가 되어버린 마을은 시간이 매장된 "어둠의 묘지"이다. 소멸한 것들은 우리의 필요 밖으로 멀어진 것들이고, 경제 논리 안에서 누락된 것들이다. 현상연 시인은 단순히 "물리적인 죽음"만을 말하지 않는다. 철거로 사라진 존재들은 머잖아 우리의 기억에서 멀어지고 "인식적 죽음"으로 결말을 맺을 것이다. 몇 백년의 시간이 허물어지는 것은 찰나의 일이다. "물리적인 힘"으로 사라진 그 마을은 기억에서 잊힘으로 "인식적으로" 부재하는 것이다. 재개발로 인한 자연의 파괴에 대한 반성이 저변에 깔려있다. 현상연 시인은

내부 깊이 잠재된 인간 "본연의 슬픔"을 「폐허의 내부」에서 찾아
내고 있다.

날짐승의 울음이 또 시작되었다
기계음의 시작은 이륙이다
빽빽하게 날아오르는 날갯짓,
활주로 주변에 떨어지는 은빛 비늘에
회색 숲의 진동이 시작되고 날지 못하는 미물들
팽팽한 고통을 출렁이며 하루를 버틴다

귀가 길어진 사람들,
송곳의 깊이를 재고
수시로 소리를 실어 나르는 기지촌 헬리콥터
익숙해진 일상에 TV 볼륨이 높아지고 말소리가 커진다

귀마개를 뚫고 들어오는 회색소음
방음벽을 흔들고
주파수가 높았던 귀는
어느새 난청과 접신하여 노랗게 시들어간다

비상을 끝낸 소리가 하나둘 귀로 착륙하고

초저녁,
또 다른 소음 부과를 알리는 초침이 잠을 끊는다

— 「회색소음」 전문

반복되는 소음은 폭력에 가깝다. 수없이 항로를 오가는 날짐 승들, 머리 위로 떨어지는 비행기의 굉음은 쉽게 학습되지 않는 다. 소음이 오가는 주거지에서 떠나려면 여러 가지 복잡한 조건 이 발목을 붙잡는다. 이대로 길들여지는 방법이 최선이어서 소 음방지 귀마개가 등장하지만 "귀마개를 뚫고 들어오는 회색소 음/ 방음벽을 흔들고/ 주파수가 높았던 귀는/ 어느새 난청과 접 신하여 노랗게 시들어간다"고 한다.

주변까지 날아오는 공사장 소음, 자동차의 경적, 질주하는 지 하철 소음, 반복되는 확성기 소리, 등등 도시는 소음에 노출되어 있다. 잠시 소음에서 벗어난 수면은 인간에게 최적의 휴식이다. 인간의 수명과도 연결되는 잠은 생존이기에 그날의 컨디션은 일 상을 지배하고 외부환경에 적잖은 영향을 미친다. 소음에 시달 려 잠을 설치면 몸에 탈이 나기 마련이다. 그런데도 사람들은 소 음을 감내하며 살아간다.

프랑스 현대철학자인 조르주 캉길렘Georges Canguilhem은 질 병은 비정상이 아니라 생명의 새로운 차원으로 보았다. "질병은 단순히 불균형이나 부조화일 뿐 아니라 또한 그 무엇보다도 새 로운 균형을 얻기 위해 인간 내부에서 자연이 시도하는 노력이 다. 질병은 치유를 목적으로 하는 일반화된 반응이며, 유기체는 회복하기 위해 스스로 질병이 된다."고 하였다. 질병에 대한 새 로운 인식 전환이라 할 수 있다.

몸의 "이상 신호"는 스스로 회복되기 위한 몸의 내부에서 벌어지는 처절한 몸부림이었다. 질병은 새로운 균형을 얻기 위한 "몸의 신호"인 것이다. 오랫동안 몸을 돌보지 못한 행위의 결과는 때가 되면 자신에게 돌아온다. 몸의 "구조신호"를 무시하고 살아가는 사람들의 고통은 점점 과부하 되고 있다.

밤새,
괴산호가 슬픔을 가뒀다

이튿날 아침
몸을 뒤척이는 짐승들 울부짖음에
꽝꽝 언 호수로 귀가 끌려갔다

정오의 햇살이 등잔봉*을 내려와 호수로 들어가고
정수리를 파고든 빛은 팽창되어
틈새에 튕겨지는 울음소리
쩌엉! 띵! 꾸룩!

앞서간 발자국 따라 번지는
울음의 갈피마다 끼워진 빛의 소리, 소리들

하루치 햇살에 금이 가면 얼음도
방전될 때가 있어
비 맞고 쪼그려 앉아 우는 물의 목소리만 듣는다

무리에서 떨어진 한파 몇 조각

가장자리로 밀려나고

굴피나무 껍질 같은 12월,

상처 난 짐승은 침묵하며 은신중이다

— 「얼음의 얼굴」 전문

　겨울 저수지가 차갑게 굳어있다. 인간의 힘이 미치지 않는 겨울 한철은 영하로 떨어진 기온이 주체가 되어 저수지를 지배한다. 계절에 따라 달라지는 물빛과 층을 쌓고 있는 시간의 안쪽에 무엇이 고여있을까. "하루치 햇살에 금이 가면 얼음도/ 방전될 때가 있어/ 비 맞고 쪼그려 앉아 우는 물의 목소리만 듣는다"에서 짐작하듯이 저수지를 파고드는 햇살에 얼음에도 균열이 생기고 그 안에 침묵으로 은신한 것들이 튕겨져 나온다.

　「얼음의 얼굴」은 '갇히는' 곳과 몸을 '숨기는' 곳, 두 개의 행위가 벌어지는 이중적인 장소로 전개된다. 차가운 기온에 저수지에 갇혀버린 물은 "타의에 의한 구속"이고 침묵으로 일관하는 행위는 "자의에 의한 은신"이다. 같은 상황에서도 "긍정과 부정"에 따라 상황이 달라지듯 저수지는 "두 개의 의미"가 대립하고 공존한다.

　햇살에 팽창된 물의 표면이 흔들리고 틈이 생길 때 시인은 사물에서 느껴지는 움직임을 면밀히 관찰해 소리로 연결하고 가라앉지 못하고 "부유하는 슬픔"에 주목한다. 얼음을 뚫고 나오는 짐승의 울음은 저수지에서 사라져간 아이들의 마지막 울음일지도 모른다.

유심히 주변에 귀를 열고 사물의 움직임을 주시한「얼음의 얼굴」은 단단하고 차디찬 그 이면에 주체할 수 없는 "생명의 뜨거움"이 있다. 시인은 무리에서 떨어진 한파 몇 조각으로 다가올 봄을 암시한다. 봄이 오면 한 덩어리로 뭉친 저수지는 자연의 질서에 순응해 잘게 부서져 출렁거리고 파랗게 일어설 것이다.

현상연 시인은 겨울저수지가 "봄의 방향"으로 흘러가기 전까지의 그 두터운 층의 내면에 웅크린 굴피나무 껍질 같은 삶의 비애를 꺼내 올린다. 우리의 삶도 겨울이 지나 봄이 올 것을 알기에 혹독한 삶의 테두리에 갇혀 때를 기다리며 은신하는 것이 아닌가.

계림 이강,
뱃머리에 가마우지 몇 마리
허기진 식욕 움켜쥔 채
사공의 신호로 강물에 뛰어든다

잡힌 물고기
가마우지 목에 걸린다

甲이 비정규직이란 올가미로 乙의 목을 조인다
삼켜지지 않는 물고기가 파닥거리고
밤새 자맥질 대가를 지불받지 못한 가마우지
굶주린 눈빛이 날짐승의 본능으로 거칠게 빛나지만

또 다시 乙이 되어

값없는 달빛만 낚는다

— 「가마우지 달빛을 낚다」 전문

　지배자와 피지배자 사이엔 **뺏고 빼앗기는** 무력이 존재한다. 갑의 수하手下에서 밥을 먹고 살아가기에 그 '반경'을 벗어날 수가 없다. 최근 벌어진 아파트 경비원의 죽음, 공군 여중사의 죽음과 가정에 입양된 아이들의 죽음, 어느 명문대 청소부의 죽음, 골프장 캐디의 죽음이라는 일련의 사건은 사회에 적잖은 파문을 일으켰다. 죽음까지 몰아간 갑질들, 주도권을 쥔 갑은 권력을 남용하고 그 피해는 고스란히 약자인 을에게 돌아갔다.

　상대적으로 "유리한 지위"에 있는 자와 "불리한 지위"에 있는 자의 관계가 '갑과 을'이다. 가마우지를 부리는 주인은 '갑'이고 고기를 낚아야 하는 가마무지는 '을'이어서 "갑의 지배"를 받고 있다. '갑'은 가마우지가 물고기를 삼키지 못하도록 줄로 목을 묶고 입안에 든 고기를 **빼앗아간다**. 물고기를 잡아도 가마우지는 늘 배가 고프다. 배가 고프기에 다시 물고기를 잡으러 거친 바다에 뛰어든다. 그러나 결말은 정해져 있다. 잡고 **빼앗기는** 악순환은 되풀이되고 최소한의 먹이로 살아가는 고달픈 노동은 끝이 없다. 가마우지가 열심히 낚아챈 먹이는 배를 채우지 못한 달빛과 다름없다. 목을 묶이는 처지와, 묶여서도 여전히 물고기 사냥을 해야 하는 운명의 굴레에서 어떻게 탈출할 수 있을까.

　현상연 시인은 사람과 사람 사이에 존재하는 다양한 관계에서 여전히 사회적 약자일 수 밖에 없는 사회체제와 그 제도권에서 살아가는 '을'의 고통을 가마우지의 사냥을 통해 언급하고 있다. 존재감이 없던 '을'은 갑의 횡포로 인해 그 모습을 드러낸다. 우리는 마침내 그가 당면한 불행을 통해 '을'이라는 존재를 인식하게 된 것이다.

전생에 초원을 달리던 시절이
가죽으로 복제되었지
짐승의 본성 숨길 수 없어
비가 오면 비릿한 냄새에 끌려
빌딩 숲이나 거리를 방황했지
그런 날은 부활이라도 한 듯
야생의 소리를 내며 돌아다녔지
영역 표시가 된 곳으로 바람이 불 때마다
지린내 같은 가죽 냄새가 번져왔지
고삐도 없이 명품이란 허영에 매였지만
뼛속까지 숨겨진 혈통
어쩔 수 없는지
어떤 날은 인파 속으로 사라진
가방 혹은 구두를 보고
야생의 무리인 듯 쫓아가지만
눅눅한 동족의 풀밭 찾을 수 없어
몇 날 며칠을 다시 방황했지
방황이란 모든 기억을 실종시키는 것인지
사람들은 종종 취중에 나를 잃어버렸지

그럴 때면 공원 벤치나 유원지에 앉아

두둑해진 뱃속이 꼭 외상장부 같다는 생각을 하였지

— 「우울한 지갑」 전문

　신에게 지구를 다스릴 권리를 부여받은 인간은 먹이사슬 "최상위 포식자"이다. 사자의 날카로운 발톱도 악어의 사나운 이빨도 없지만 인간에게는 동물을 사냥할 지혜와 무기가 있다. 악어를 비롯해 물소가죽, 뱀가죽, 표범가죽이 가방, 구두, 소파, 코트로 변신한다. 동물 사체의 일부인 가죽은 미적 감각과 "인간의 욕구"를 충족하기 위한 최상의 재료이다. 그로 인해 인간에 의한 동물 포획은 그치지 않는다.

　「우울한 지갑」은 초원에서 잡혀 와 인간의 손에 해체되어 명품지갑이 된 동물의 말이다. "고삐도 없이 명품이란 허영에 매였지만/ 뼛속까지 숨겨진 혈통/ 어쩔 수 없는지/ 어떤 날은 인파 속으로 사라진/ 가방 혹은 구두를 보고/ 야생의 무리인 듯 쫓아가지만/ 눅눅한 동족의 풀밭 찾을 수 없어/ 몇 날 며칠을 다시 방황했지"라고 고백한다.

　가죽지갑에는 지갑 이전의 "동물의 숨소리"와 동물 특유의 '지린내'가 남아있다. 이것은 태어날 때부터 지닌 지문指紋과 같다. 사물의 입을 빌려 인간에게 전하는 말에 귀를 기울여보자. 명품이지만, 명품이어서 어쨌다는 것인가. 인간이 정한 명품의 가치는 인간에게나 소용되는 말이다. 명품이라는 이름으로 누군가의 손에서 닳고 해지도록 늙어갈 지갑일 뿐, 정작 소중한 건 다시 초원으로 돌아가 네 발로 뛸 수 있는 "자유와 생명력"이다.

시대가 바뀌고 이제 현금을 가지고 다니는 사람은 드물다. 지갑 속에는 몇 장의 현금카드나 교통카드가 고작이다. "사람들은 종종 취중에 나를 잃어버렸지/ 그럴 때면 공원 벤치나 유원지에 앉아/ 두둑해진 뱃속이 꼭 외상장부 같다는 생각을 하였지"라고 말한다.

신용카드는 두둑한 현금이지만 대부분 후불로 치르는 외상카드인 셈이다. 우리 속담에 "외상이면 소도 잡아먹는다"고 하지 않던가. 거리마다 유흥을 부추기는 술집이 즐비하고 아름답게 포장되어 우리를 유혹하는 상품들이 TV, 홈쇼핑에서 쏟아진다. 신용카드로 인해 편리한 점도 많지만 그 편리함으로 신용불량자는 해마다 늘어난다. 제때 갚지 못하면 어김없이 날아드는 독촉장, 신용사회에서 신용을 잃어버리면 일상을 유지하기 어렵다. 불안한 시대를 살아가는 현대인들의 지갑은 무사할까. 이것저것 제하면 **빠듯한** 살림살이에 지갑은 늘 우울하다.

문득, 낯익은 목소리가 들려
뒤돌아보면 차디찬 심장의 보고픈 이 보이지 않아
흐트러진 목소리 모을 수 있다면
허공에 떠도는 환영, 만질 수 있다면

슬픔은 점점 뚱뚱해지는데
담담하게 지내라는 공기들의 후덥지근한 말들

간절한 게 죄라면 하늘에 심장을 내 걸고 실컷 울겠어

나대신 울어주던 비는 간간이 끊어지고
추적거리던 잔비 사이로 그림자를 끌고 온
햇빛의 발목 어디로 갔을까

과녁을 뚫던 화살은 꺾이고
허공에 빈 족적만 어지럽게 찍힌 길 잃은 기억

염소자리 하나 늘어난 북쪽 하늘을 보며
말없는 말이 벼랑을 기어오를 때
부재라는 단어에 고립된 나,
후회의 부표는 표류를 반복하고
눈물이 떨어지면 멀리 못 간다는 누군가 전언에
마지막 인사 옷깃으로 찍어 내네
— 「비대한 슬픔」 전문

"정신적인 고통"이 지속되는 일이 슬픔이다. 슬픔은 개인의 감정이기에 그 크기를 가늠하기 어렵지만 슬픈 느낌이 오래 지속되면 감당할 수 없는 고통이 시작된다. 인간에게는 어딘가에 슬픔을 저장하는 '웅덩이'가 있어 슬픔이 이어지면 '웅덩이'는 점점 깊어지게 마련이다.

전해수 평론가는 시집 평론에서 '슬픔'에 대해 이렇게 언급하였다. "내 안에 간직하기엔 그 크기가 너무 커서 일순간 분노로 바뀌어 나를 둘러싼 세계를 향해 돌을 쥐게 하는 슬픔, 설혹 돌을 던져도 결코 내 안에서는 깨어지지 않는 절대적 슬픔, 혹은 돌을 던져 그 대상을 깨뜨리기에는 더욱이 어려운 바람 같은 슬픔, 그러다가 결국 후회로 남아 뒤돌아보는 처연한 슬픔, 나의 전부인 그 슬픔을 누군가의 이름으로 누군가를 부르는 화자를 둘러싼 모든 감정의 슬픔"을 '세계의 슬픔'으로 확대하였다.

「비대한 슬픔」은 누군가의 부재로 시작된 슬픔이 '내부'에서 점점 '외부'로 확장되고 있다. 이 슬픔은 개인의 체험만이 아닌 우리 모두의 "체험적 슬픔"이다. 살면서 헤어지고 떠나는 것이 다반사인 세상, 누군가의 존재가 사라진 그 빈자리를 확인하며 오래 앓아야 하는 일이다.

인간에게 '상실감'은 다양하다. 그 중에서도 사랑하는 이를 떠나보내는 '상실감'은 세상 무엇과도 비교할 수 없을 것이다. "후회의 부표는 표류를 반복하고/ 눈물이 떨어지면 멀리 못 간다는 누군가 전언에/ 마지막 인사 옷깃으로 찍어 내네"에서 알 수 있듯이 슬픔을 꾹꾹 눌러 삼키는 모습에서 시인이 감당해야 할 "고통의 크기"를 짐작할 수가 있다. 결국 슬픔은 고인을 따라가지 못하고 부메랑처럼 되돌아와 "슬픔의 웅덩이"에 쌓일 것이다. 잠잠하게 고였다가 어느 순간 출렁이며 넘치는 것, 그래서 슬픔을 향해 왈칵, 넘어지는 것이다.

묵은 봄이 잘려 나간다
오른쪽 방향과 왼쪽 방향도 사라졌다

나무는 봄볕에
웃자란 가지를 단속하지 못했다

고목은 햇빛에 흔들렸고
치밀한 가지는
새봄을 채우려 욕심껏 자랐다
도착하지 않은 여름을 기대하며 꽃눈을 밑동까지 달기도 했다

부푼 꽃망울에 귀 세운 다른 가지
떨어지는 나무비듬을 보며
그늘 속 마디의 처진 봄을 솎음질 한다
바람이 드나들 통로에
가지 하나 내주면 두 팔을 달 수 있다고
애써 통증을 참는다
아직 물 마르지 않은 모래톱엔 계절이 몇 번 다녀갔는지
잔물결이 겹겹이 쌓였다

상처로 얼룩진 곳
복대기는 햇살이 덮는다
털어버릴 수 없는 물관 사이로 빼꼼히 내민 곁눈
추위를 견딘 살구꽃망울이 짙고
전정가위와 대립하던 멍울진 봄이 화사하다
　─「가지치기」 전문

　　"가지를 치는 행위"는 사라진 자리에 "상상을 덧대는" 것과 다
름없다. 다시 찾아올 "봄의 자리"를 미리 마련하는 것이다. 그

상상은 작업을 이끄는 동기로 작동된다. 가지치기는 대립이 아닌 평화를 위한 교섭交涉이기에 하나가 사라진 자리에 두 개의 움이 솟고 가지는 풍성해진다. 물론 피를 흘리는 고통의 과정을 거쳐야만 한다.

사물의 경우에는 "과거의 원인이 현재의 결과를 규정하지만 인간의 행위에는 그와 반대로 미래가 현재를 규정한다"고 한다. 인간은 미래의 가능성 가운데 어느 하나를 선택할 자유와 의지가 있고 결과는 노력에 따라 얻을 수 있기 때문이다. 가지치기 역시 현재에 머물지 않고 미래를 위한 하나의 결단인 것이다.

현상연 시인은 흔한 무언가에도 나름의 이야기를 붙여 특별한 것을 도출導出한다. 구체적인 상상을 구현하며 그 이야기 속으로 독자를 초대한다. 다가가 귀를 열고 집중할 수 있도록 일련의 상황을 배치하고, 적당한 여백을 만들어 소통의 장을 구성한다. 이때 자신만의 시선으로 풀어놓는 스토리텔링은 독자에게 한 발 다가서는 "발화의 방법"으로 사용된다.

현실에서 만나는 사소한 사물들로 창작물을 만들어내는 과정은 쉬운 듯하나 결코 그렇지 않다. 짜임새 있는 행과 행이 하나하나 이어져 수식이 절제된 깔끔한 문장으로 태어난다. "감각과 경험"으로 구축한 이미지가 시 전체를 붙들고 있다. 전지가위와 나뭇가지가 "충돌하는 지점"에서 새로운 변화가 일어나듯이 묵은 생각을 잘라내는 시인은 새로운 "인식의 변화"를 시도한다.

갈피갈피 아릿한 "삶의 비린내"가 묻어있는 시집 『가마우지 달빛을 낚다』는 "살아야 하는" 몸부림과 그렇게 "살 수 밖에 없는" 소시민의 "내면적 상처"와 위기를 맞은 이 "시대의 비애"을

"보편적 의미"를 담아 독자에게 전달하고 있다. 첫 시집이 이만한 수준을 지녔다는 것은 치열하게 시를 만난 '결과'일 것이다. 단연 저력底力이 돋보이는 시집이다.

현상연 시집

가마우지 달빛을 낚다

발   행 2021년 9월 10일
지 은 이 현상연
펴 낸 이 반송림
편집디자인 김지호
펴 낸 곳 도서출판 지혜 · 계간시전문지 애지
기획위원 반경환 이형권
주   소 34624 대전광역시 동구 태전로 57, 2층 도서출판 지혜 (삼성동)
전   화 042-625-1140
팩   스 042-627-1140
전자우편 ejisarang@hanmail.net
애지카페 cafe.daum.net/ejiliterature

ISBN : 979-11-5728-453-5 03810
값 10,000원